RAIMUNDO CORREIA

PRIMEIROS SONHOS

POESIAS IDÍLICAS

Coleção
GRANDES CLÁSSICOS DA LÍNGUA PORTUGUESA
VOLUME 36

BRASILIARIS

Editor-chefe:
Tomaz Adour

Revisão:
Equipe Vermelho Marinho

Capa:
Spirit

Diagramação:
Marcelo Amado

Texto revisado segundo o novo Acordo Ortográfico da Língua Portuguesa.

Dados Internacionais de Catalogação na Publicação (CIP)
Fabio Osmar de Oliveira Maciel – CRB-7 6284

C824p

Correia, Raimundo, 1859-1911
Primeiros sonhos: poesias idílicas / Raimundo Correia. – 1. ed. – Rio de Janeiro : Brasiliaris, 2023.
98 p. ; 21 cm. – (Grandes clássicos da língua portuguesa ; v. 36).

ISBN 978-85-8265-290-9

1. Poesia brasileira. I. Título.

689-088-23 CDD : 869.91

Índice para catálogo sistemático:
1. Poesia : Literatura brasileira 869.91

EDITORA VERMELHO MARINHO USINA DE LETRAS LTDA
Rio de Janeiro — Departamento Editorial:
Avenida Gilka Machado, 315 — bloco 2 — casa 6
Recreio dos Bandeirantes — Rio de Janeiro — RJ
CEP: 22795-570

VERMELHO MARINHO
www.editoravermelhomarinho.com.br

SUMÁRIO

5 Apresentação
9 À memória saudosíssima de minha mãe - a meu pai
12 Idílios
16 Paixão
18 Jessica
21 Sonhos
24 Frêmitos
27 Flor
29 A solidão
31 All for love
33 Noivado no sertão
36 13 de maio
41 A estrela D'Alva
43 Epicédio
47 A poesia
48 A ideia nova
49 Entre ruínas
50 A lua
51 Sílfide
54 Sobre um homem popular
55 O profeta
58 À morte de Alexandre Herculano
60 O amor
61 Ao crepúsculo
64 Quimera
66 Oração da manhã
67 Pensativa
69 Souvenir
70 Cântico
72 O trovador
75 Mágoas
77 Desejos
79 Olhos azuis
81 Rosa do prado
83 A noite do noivado
84 Ave-maria
85 Humorística
86 Noites de vigília
87 Noite de inverno
88 Infância
90 Lusco-fusco
91 Despedida
93 Sempre eu
94 Adeus!
95 Túmulo à beira-mar

APRESENTAÇÃO

O selo Brasiliaris é uma iniciativa da Editora Vermelho Marinho com a Spirit, que tem como objetivo resgatar todas as obras clássicas da literatura brasileira que estejam em domínio público. Independente do autor ou da época em que escreveu, a coleção pretende publicar todas as obras de todos os autores que estejam disponíveis para publicação ou digitalização.

É um trabalho de longo prazo, pois citando apenas alguns autores muito conhecidos, como Machado de Assis, José de Alencar e Joaquim Manuel de Macedo, descobrimos que eles têm uma obra muito extensa, incluindo romances, contos, novelas, poemas e textos teatrais, fora artigos em ensaios. E muitas dessas obras não se encontravam mais no mercado. Até agora.

Tomaz Adour, o editor da coleção, já vem fazendo este trabalho de resgate há mais de 10 anos, conseguindo trazer de volta ao mercado autores do porte de uma Júlia Lopes de Almeida, A. G. Teixeira e Souza, Paulo Setúbal, Coelho Neto, Francisca Júlia, Bruno Seabra, Carmen Dolores, Martins Pena, João do Rio, Coelho Neto, Chrysanthème, entre tantos outros que lançou na Coleção Grandes Clássicos.

Com o apoio da Spirit e sua experiência em design aliada à sua paixão pelos livros, estes e outros autores irão ganhar roupagem nova, com edições especiais com orelhas, edições especiais em capa dura, além de ebooks a preços acessíveis para todos os leitores.

Este projeto ambicioso é uma forma de levar ao público tudo de bom que foi produzido em nossa literatura, permitindo que os leitores tenham acesso não apenas às obras mais famosas dos principais autores, mas também a obras que estão fora do mercado há décadas ou mesmo séculos. Com isso, um leitor que se apaixonar por um livro de um autor poderá conhecer toda a sua obra.

É um trabalho de garimpagem. Temos mais de 10.000 obras a serem publicadas e estamos atrás de obras perdidas, esquecidas ou que possuem poucas cópias em bibliotecas ou coleções particulares. Por isso, todo apoio é bem-vindo. Cada leitor ou amante de livros que deseje sugerir ou indicar uma obra receberá os créditos e será um colaborador da coleção. Acreditamos que, desta forma, obras perdidas ou com cópias desgastadas poderão ser resgatadas, desde que haja um colecionador ou uma biblioteca que a possua. Se quiser colaborar, basta nos escrever.

Que os leitores possam descobrir cada vez mais as obras de uma das literaturas mais importantes do mundo!

Meus versos são suspiros de minh'alma
Sem outra lei, que o interno sentimento.
(G. MAGALHÃES.)

À MEMÓRIA SAUDOSÍSSIMA DE MINHA MÃE

A MEU PAI

Pensava em vós nas horas de tristeza
Quando estes versos pálido compus!
(F. VARELA.)

Primícias dos verdes anos, pouco experientes e em que não têm ainda as ideias o lugar, que depois lhes dá o estudo e a lição acurada dos bons livros, merecem de certo os meus — PRIMEIROS SONHOS — a benevolência daqueles que os lerem.

Não têm as vestes opulentas da musa civilizada, mas também não os chegou a bafejar o hálito corroente do mundo com suas dúvidas, seus sarcasmos e sua indiferença.

Aí vão eles medrosos e vacilantes, com o acanhamento dos primeiros passos e sem os apadrinhar sequer um nome de vulto, para os amparar e lhes amenizar as agruras do curto caminho que devem percorrer.

Bafeje-os no menos o favor dos que sabem fazer melhor, que vai nisso generosidade, que tão bem casa nos que têm foro de cidade nos arraiais literários.

Há deste livro, que ides ler, nas páginas,
    Ou tristes, ou risonhos,
Os quadros mal traçados, mas verídicos
    Dos meus primeiros sonhos.
Não m'os inspira o mundo — órbita escura
    De hiantes precipícios,
Enigma que enlouquece, pandemônio,
    Catástrofe de vícios
E de ambições tantálicas. Hipócrita,
    Que apunhala, que enreda,
E mostra sempre junto honra e escárnio,
    Junto ao fastígio — a queda...
Calcinação das almas, que as comprime
    Na garra áspera, adunca...
O mundo que eu conheço e que detesto
    Nunca me inspira, nunca!...
Somente inspiram-me esses pobres versos,
    Deus, o amor, a família,
É a paz nas solidões onde sem máscara
    A natureza brilha.
Oh! natureza! a ti se erguem meus cânticos
    Estou na flor da idade —
Abriram-se os portais resplandecentes
    Da minha mocidade,
E minh'alma febril da ardente quadra
    O clarão reverbera...
Aves! saudai as límpidas auroras
    Da minha primavera!
Florestas virgens, gigantescas árvores,
    Torrentes cristalinas,
Rocio celeste a cintilar nos cálices
    Das úmidas boninas,

Luz indecisa do cair da noite,
Do levantar do dia,
Intermitentes auras, sons monótonos
De catadupa fria...
Tremei, sorri, brilhai, erguei mil cânticos
Estou na flor da idade!
Abriram-se os portais resplandecentes
Da minha mocidade!
Sou moço! No meu peito não germina
A flor dos desenganos,
De sonhos se enche o páramo estrelado
Dos meus dezenove anos!
Sei sentir! Sei sonhar! Há notas férvidas
Na minha lira rude,
São as flores silvestres de minh'alma,
Rosas da juventude,
Que, mal se abrem, do mundo são levadas
Nos vórtices medonhos...

Eis o meu livro — pálido simulacro
Dos meus primeiros sonhos.

12

IDÍLIOS

I

Renasce o dia! a várzea
Marcheta-se de flor —
Pelo pomar frutífero
Bálsamo, luz, frescor...

Sobem ao éter plácido
Os hinos do arrebol,
Tornam-se as nuvens pálidas
Roxas à luz do sol.

Voam, no brejo, querulas
Brisas a latejar,
Roça a gaivota cândida
Co'a ponta d'asa o mar...

Do céu co'as cores tinge-se
O lago verde-azul —
Alma fragrância o zéfiro
Traz dos vergéis do Sul

Do mar a onda turgida
O pescador rompeu,
Pulando a escuma frígida
Borrifa o rosto seu.

Eu vejo além... nos páramos
Um ponto a se perder,
É um batel que some-se
Pra nunca mais se ver...

Deriva o rio do vértice
Da serrania, lá...
Desata o canto mélico
Melífluo sabiá.

As folhas brilham, coram-se
Os bagos do café;
De moça um lábio rúbido
Mais rúbido não é.

Trinam além os pássaros
No erguido coqueiral
Dá catadupa aos vômitos
De límpido cristal.

Estrela d'alva rútila!
Lua que esmaia além!
Saúdo-vos! saúdo-te
Oh! rubro sol também!

Entre a folhagem madida,
Que a brisa faz bulir,
Passam correndo céleres
As moças a sorrir.

As flores odoríferas
Oscula o beija-flor,
D'amor mimoso símbolo
Ensina a ter amor.

Se a flor e as aves beijam-se,
Se amores tudo tem,
Moças gentis, amemo-nos
Beijemo-nos também!

Sou fatalista; aos vínculos
Do amor não fujo, não;
É meu destino — adoro-vos
Musas do coração!

À sorte eu não esquivo-me,
Quem pode se esquivar?
Sou muito moço e sinto-me
Com forças para amar!

O gozo é tão efêmero!
Há tanto dissabor!
A vida passa rápida
E cifra-se no amor!

Deus dá candura aos lírios,
Às rosas — o nácar,
E dá ao homem o ânimo
Pra ser amado e amar!

Amor! murmura o pélago,
O prado, a relva, a flor,
O lago, a brisa, o córrego...
Tudo murmura amor!

Oh! natureza provida!
És rica de encantar!
A minha sina eu cumpro-a,
Vivendo para amar!

É dia! entoam cânticos
A terra, o mar, os céus...
Lá do infinito soltam-se
Benções das mãos de Deus!

II

Acorda — meu amor — vem ver na aurora
    Como a várzea é louçã!
No tapete da relva verdejante
Treme a gota de prata cintilante
    Do orvalho da manhã!

Acorda — meu amor — vem ter comigo
    Por baixo dos cafés!
Eu vou buscar-te à beira da choupana,
Pra render-te homenagens de sultana
    Deitando-me a teus pés!

Acorda — meu amor — quero com sustos
    Contar-te um sonho meu!
Quero — qual morre a humilde borboleta
No seio perfumado da violeta —
    Morrer no seio teu!

Rio – 1877.

16

PAIXÃO

Passaste um dia junto a mim de súbito,
Desde esse instante em que te vi amei-te!
E apenas tinhas sobre a fronte angélica,
Singela rosa por singelo enfeite!

Longa e lustrosa cabeleira d'ébano
Caía em roscas nos teus alvos ombros,
Como as torrentes, que se arrojam rábidas
Dos níveos Alpes nos algentes combros!

De tal beleza só é Deus o artífice
E aqui da terra nenhum gênio a imita,
Mas sob os seios de nitente mármore
Também d'amor um coração palpita!

És tão formosa! que esplendente auréola
No teu semblante de criança brilha!
Feliz aquele, que é teu pai; invejam-lhe
Todos a gloria de tão linda filha!

Bem sei que apenas do Oriente um príncipe
Pode orgulhoso oferecer-te o braço,
Contudo eu, virgem, tive a doida audácia
De erguer meus olhos para o teu regaço!

Basta em minh'alma de tu'alma o anhelito
Pra levantar-me o coração dolente,
Bem como o vento em borborões na África
Levanta a areia do deserto ardente!

A minha lira não tem voz, concerta-lhe
As cordas d'oiro com teu mago encanto —
E a gente, que hoje, sem motivo, odeia-me,
Para amanhã para escutar meu canto.

Sou orgulhoso! mas se passas, férvido
Meu lábio o rastro dos teus pés não beija?
E não me prostro como a planta súplice
Prostra-se ao vento que a passar pragueja?

É que em meu seio da paixão o incêndio
Lavra-me em fúria o coração que te ama,
Como vermelha a labareda enrola-se
Pelas colunas d'um palácio em chama.

Miragem loura em solidão inóspita,
Ai! não me fujas, nem de mim te escondas!
És meu farol — eu sou baixel sem bússola,
Que o mar sacode em volumosas ondas!

Volve a meus olhos os teus olhos vividos,
Puros, despidos d'altivez sublime,
Que há nesses olhos uma aurora lúcida,
Que expele a noite que o meu ser oprime!

Se me os volveres a minh'alma sôfrega
Há de inundar-se dessa nova aurora —
E dirão todos a me ver sem lágrimas:
Como é feliz aquele moço agora!

18

JESSICA

C'est une âme charmante! (DIDEROT)

É linda essa criança,
Modesta e casta e mansa;
É como a luz que lança
Dos anjos o esplendor!
De seu olhar o lume
Dá brilhos em cardume
No lôbrego negrume
Do mais profundo horror!

Meu Deus! os seus cabelos
São negros e tão belos,
Eu morro só de vê-los
Tremendo à viração!
Dai risos se ela chora,
Está na flor d'aurora
Meu fundo amor ignora
Seu seio inda em botão!

Ninguém a dar se atreve
Profano beijo leve
Na face d'alva neve,
De tépido cetim!
Seus lábios nacarados
Por serafins beijados
Escondem — rorejados —
Seu dentes de marfim!

Oh! Deus! guardai-lhe a graça!
Se um vento forte passa,
Eu temo que a desfaça
Qual nuvem matinal!
A débil inocente
Sorri-se docemente...
Oh! conservai clemente
Seu riso virginal!

Livrai-a dos amores
Da vida nos verdores;
É ela a irmã das flores,
Que o prado faz nascer;
O amor — do sol o fogo —
No prado as mata logo...
Jesus! chorando eu rogo:
Não a deixeis morrer!

Amai-a! ela é tão pura,
E tem essa doçura
Da estrela, que fulgura
A vossos pés — Senhor!
Eu amo-a em segredo
Meu Deus! mas tenho medo,
Que a virgem já tão cedo
Perceba o meu amor!

Rio -1877.

*****

Lembra-me outrora, em madrugada linda
Envolta ainda pela névoa fria,
Tu me apontavas no horizonte a medo
Co'o róseo dedo o despontar do dia.

Rezavas terna ao pôr do sol no monte,
Pendida a fronte no sopé da Cruz,
E de teus lábios, no rezar, frementes
Vinham torrentes d'inspirada luz!

Sentada eu vi-te tanta vez absorta
Da casa à porta, no relvoso banco...
Pensando assim no meu passado belo,
Que pesadelo do meu crânio arranco!

Entre as cortinas do florido berço,
Que mundo imerso no porvir sonhei!
Que sonho d'ouro! que contraste enorme
Co'o mundo informe que depois pisei!

Como da veiga adormecida, escura,
A aurora pura a solidão povoa,
Quando um gorjeio musical, no ninho,
O passarinho no arrebol entoa;

Eu sinto, oh anjo, que nos ermos d'alma
Rebenta a palma das sonhadas flores!
Traz-me d'outrora a virginal lembrança
Fé, esperança, mocidade, amores!...

21

SONHOS

Anjo das tranças louras! eu quisera,
Rosa fresca da minha primavera,
  Flor — mais que as outras flores,
Nas matas virgens fabricar meu ninho,
Longe do mundo, e lá viver sozinho
  Contigo — meus amores!

À sombra de florido cajueiro,
Quero tanger meu lânguido pandeiro
  Pelo raiar d'aurora;
Ver — nuvens no poente ensanguentadas,
Sentir beijos das bocas perfumadas
  Da viração que chora!

Ver a exalar o odor, nos bosques, acre,
Abrir-se a flor silvestre cor de lacre
  Ao fogo tropical
Do sol, que as fontes límpidas amorna,
Seca as verduras da campina e torna
  Em brasas o areal!

Quero tirar do violão um treno
Quando escorrer nas folhas o sereno,
  Que cai baga por baga,
Escrever o teu nome n'alva areia,
E ouvir ao longe o mar que esbofeteia
  A solitária plaga!

Filha! feliz naquela soledade,
Eu tornaria em pura realidade
    Todos os sonhos teus!
E — Jesus! tão idólatra eu seria,
Que prostrado a teus pés te adoraria
    Como se adora um deus!

Será o quarto teu, moça bonita,
Um sacrário, onde eu só — feliz Levita —
    Poderei penetrar!
E lá nós, embalando-nos na rede,
Os painéis pitorescos da parede
    Iremos contemplar!

Eu serei caçador, tu — costureira...
(Pois não posso viver a vida inteira
    Junto aos joelhos teus!)
E quando eu for caçar pela floresta,
Um beijo imprimirás na minha testa
    Dizendo triste: adeus!

Tendo ao lado a cestinha de costura,
Tu coserás à noite, virgem pura,
    Em plácido remanso,
E inclinarás a fronte fatigada,
Sobre o fofo espaldar da almofadada
    Cadeira de balanço!

E quando desses dedos cor de rosa
O teu dedal de prata, preguiçosa,
    Escorregar no chão,
Tens em mim um escravo paciente
Para apanhá-lo, rápido, contente
    E pô-lo em tua mão!...

Se dormes, eu te acordo — e tu, desperta,
Hás de então ver pela janela aberta,
    Na tela do horizonte,
Que a lua cheia — lâmina redonda —
Faz saltar esculpida d'onda em onda
    A macerada fronte!

24

FRÊMITOS

É noite! cheio de estrelas,
O azul do céu resplandece,
E a folhagem se estremece
Das mornas auras aos beijos;
E os silfos dançam sorrindo
Sobre o lago adormecido,
E o peito pulsa oprimido
Na febre de mil desejos.

Não vês? no céu virgem loira
Debruça-se a lua bela;
Vem tu também à janela
Debruçar-te — criatura!
É noite! mostra-me ao menos
O transparente regaço,
Quero cingir-te o meu braço
À roda dessa cintura!

Ai — vem donzela, que enquanto
Não surges — meu peito enlutas!...
Sempre ao longe não escutas
O mar como bate e rola?!...
Meu peito é mar; pulsa sempre
Por ti — meu Deus — se o soubesses,
Quando langue desfaleces
Chorando aos sons da viola!

Ai — vem! eu gosto de ver-te
Toda de branco vestida,
Tão pálida, amortecida,
Qual luz de dormente estrela!
Vem! chega-te a mim criança
Porque é que tremes medrosa?!
Estende a mão cor de rosa,
Quero de beijos enchê-la!

Não temas! desce, meu anjo,
Nessa cama de verdura
Vem deitar-te! lá da altura
Nos vê a lua somente!
Meu Deus! que tristeza eu sinto!
Além de tanta poesia,
Há tanta melancolia
Na nossa paixão fremente!

Vem cá! nós somos dois noivos;
Desata essa loira trança!...
Porque, tristonha criança,
Fitas o céu? em que pensas?!
Contempla: o céu é bem grande,
É tão extenso o seu manto,
Mas nossas paixões no entanto
Ainda são mais extensas!

Ah! desfaçamos em beijos
O nosso sentir profundo!
Troquemos a glória, o mundo,
Por essa eterna loucura!
Quero com beijos de fogo
Desmaiar no teu regaço!

Quero, num fervido abraço,
Morrer de amor — criatura!

1877.

FLOR

Abre-te flor! tesouro
E de inocência cofre!
Dorme em teu cálix d'ouro
O matutino aljofre!

Eia! não vês criança?
Além desponta o sol!
Desprende a loira trança
Ao lúcido arrebol!

Tu és — faceira filha —
O doce olor, que entorna
Às auras a baunilha
Na hora da sesta morna!

Um mavioso harpejo
De cítara ideal,
De luz solar um beijo
Em prisma de cristal.

Geram-te — rosa súplice!
Que amor e que inocência
Formam-te o ser! é dúplice,
Dúplice a tua essência!

Cora-se à luz d'aurora
A desmaiada flor,
Teu rosto lindo cora,
Quando eu te falo — amor!

Se junto a ti — perplexo,
Eu fito alguma estrela,
Nem sei se é teu reflexo,
Se és o reflexo dela!

Teu seio rescendente
Esquiva-se ao olhar,
Na gaze transparente
D'alvura do luar!

Na infância vaporosa,
Do sol ao raio louro,
Abre o teu seio, rosa,
Rosa do cálix d'ouro!

A SOLIDÃO

(A Valentim Magalhães)

É triste ver, sangrento no crepúsculo,
Exangue, descambar o sol, sem vida,
Como de um padecente no patíbulo
    A cabeça abatida,

E quando, pela estrada solitária,
Quem passa escuta o tímido murmúrio
Da voz de uma criança, que mendiga
    À porta do tugúrio,

Enquanto jaz, sem culpa, em feio cárcere
O pai triste e infeliz, que nem consola
A piedade d'alguém; pois a piedade
    Supre às vezes a esmola.

E a órfã cresce, e bela moça torna-se,
E ao sopro da miséria mal resiste...
Cai!... O mundo condena-lhe a fraqueza!
    Como a miséria é triste!

E tantos ouropéis cobrem o pródigo
E afogam-no de luz! Ele não sente"
O gemer da desgraça, e grandes somas
    Dissipa inutilmente!...

Detesto o mundo pérfido! Prefiro
Ao lúbrico rumor das ricas festas,
Que há nas cidades, o rumor das árvores
No centro das florestas!

Eu amo a solidão! O fel que o mundo
Me verteu na existência lá se adoça!
São mais doces pra mim, que os da cidade,
Os folguedos da roça,

O cochichar das moças, as cantigas
Tão saudosas aos sons do violão,
E ao luar vaporoso e melancólico
Das noites de verão!

E é belo ver a fronte enrubescida
Do sol atrás da serra aparecer,
Quando o bosque dos pássaros à musica
Parece estremecer.

E a cascata despenha-se, e espreguiça-se
O rio cheio, que a planície alaga,
E da enseada na arenosa curva
Rola e rebenta a vaga.

O espelho azul da imensidão reflete-se
Do oceano no líquido lençol —
Fundem-se os astros todos num só astro,
Que é o sol, que é o sol!

Eu amo a solidão! A natureza
Lá de si não expulsa os filhos seus!
A natureza inteira fala ao homem,
E o homem a Deus!

ALL FOR LOVE

O sol dormente no horizonte foge,
Tingindo as nuvens de rubente cor;
Sozinho, vendo escurecer o dia,
Vou me abismando num sonhar d'amor.

Por sobre a terra já desdobra a noite
Seu denso manto de feral negror;
Eu, solitário nestas ermas fragas.
Sinto as tristezas de infeliz amor!

O mar bramindo de espumantes vagas,
Quebra-se à margem com feroz fragor —
Ouvindo em ânsias esta orquestra horrenda
Sinto que morro sem gozar do amor!

As tíbias auras, que do vale adejam
Roçam-me as faces com sutil frescor!
Aos leves beijos dessas tíbias auras
Sinto os perfumes virginais do amor!

Choram as fontes ao correr das sombras
No campo imerso no letal torpor!
Eu suspirando nesta cisma ardente
Busco acolher-me nos rosais do amor!

Ao longe, ao longe o campanário humilde
Tange seus dobres... coração! pavor!...
Ave-Maria! que saudoso instante!
Que ternos sons! que inspiração! que amor!

Sonho, da várzea, derramando, em torno
Doce ambiente a laranjeira em flor!
E junto dela, minha virgem loura
Também sonhando a suspirar d'amor!

E dessa virgem pudibunda e meiga,
Nos puros lábios de purpúrea cor;
Julgo que a vida por um beijo eu dera,
Em doce troca do seu doce amor!

Ela suspira, embalsamada cisma,
Aflui-lhe ao rosto virginal rubor!
Quero, a seus pés ajoelhar contrito,
E louco, e louco, desmaiar de amor!

Ah! tudo é sonho! No horizonte a lua,
Surgindo, ri-se a derramar fulgor!
Embora sonhe! neste lindo sonho
Vi minha bela e suspirei de amor!

33

NOIVADO NO SERTÃO

É noite! o céu arreia-se d'estrelas
    A terra a iluminar!
Por entre as ramas da taquara verde
    Peneira-se o luar!

Enche os ares o aroma, que transpiram
    As flores da mangueira!
Dos sertanejos os semblantes brilham
    Ao lume da fogueira!

Junto ao fogo, fantásticas histórias
    Um velho está contando
Àqueles, que o escutam, as espigas
    De milho debulhando!

A mesa do banquete está repleta
    No meio da folhagem,
E a toalha de rendas lá se agita
    Aos ósculos da aragem!

Vem a noiva de lírios coroada,
    Dá o braço, faceira,
Ao noivo, que devora com os olhos
    Os seios da roceira!

Reina o prazer! Lá salta pro terreiro
Um belo rapagão —
Sapateia sorrindo, enamorando
As filhas do sertão!

Outros mancebos na viola rude
Dedilham cantilenas,
Morrendo aos risos joviais e francos
Das lânguidas morenas!

Redobra-se a função! surge a girândola
Do centro dos palmares;
Chuvas de rosas, calorosos vivas
Vão agitando os ares!

Reina o prazer na multidão pacífica...
Suspiram as violas,
Moços e moças no terreiro bailam
Ao som das castanholas!

E é noite ainda! da lágua à beira
Se dobra o nenúfar —
Entre a ramagem da taquara verde
Peneira-se o luar!

Quando a lua mergulha em nuvens baças
O rosto acabrunhado,
Finda o banquete — e a noiva se dirige
Ao leito do noivado!

Mas o noivo do amor no flóreo ninho
Primeiro se deitou,
E a noiva na janela, pensativa,
O céu inda fitou!

Depois... ela descalça os sapatinhos
    Forrados de cetim,
Sorri-se com malícia, o véu arranca
    E se reclina enfim!

36

13 DE MAIO

Oh! natureza! eu morro acabrunhado
    Por tantos desenganos!
Hoje me encontras mergulhado em dores
Dia de imensa luz! dia de flores!
    Oh! dia de meus anos!

Ao sol de Maio a primavera entorna
    Vida e seivas à flux!
Os botões d'oiro do vergel descerra,
O mar descanta, o céu sorri e a terra
    Satura-se de luz!

Pelas folhas rasteiras da restinga
    Chora o tênue riacho;
Livra-se a abelha no favonio frouxo,
E do quintal na cerca pende roxo
    Da bananeira o cacho.

Os loiros frutos o pomar ostenta
    Do sol ao resplendor;
Abre as pétalas a rosa coralina,
Como os lábios gentis d'uma menina
    Sorrindo com pudor.

A fumaça em pirâmides se eleva
Do fundo das fazendas,
O vento a palma trêmula balança,
Como a flâmula verde da esperança
Dos árabes nas tendas.

Da natureza esplêndida palpita
O coração febril;
A coma verde o matagal pompeia,
E cai de bruços sobre a fulva areia
A onda cor de anil!

Foi num dia como este! ela aqui 'stava
Do laranjal à sombra —
Nossa conversa o zéfiro embalando,
Ia de níveas pétalas juncando
A umedecida alfombra.

Penetrantes olores rescendia
O agreste manacá;
A catadupa ao longe espadanava,
Nos leques verdes da palmeira brava
Trinia o sabiá...

Hoje tudo acabou, cobriu meu astro
Espesso nevoeiro —
Meu Deus! não sei que malfadada sina
Arrebatou-me a cândida menina, —
O meu amor primeiro!

Tal das cecéns os cálices n'aurora
Que o rocio fresco abriu;
Elas sorriam no verdor das várzeas,
Mas de tarde o tufão sem dó esparze-as
No pântano sombrio!

Eu disse muita vez mirando em êxtases
Os olhos seus tristonhos:
Sorri, criança pura! o que é que obumbra
A rósea luz da mágica penumbra
Dos teus primeiros sonhos?! —

Aos queimores do sol do meio dia,
Aos gritos do nambu
Arquejante, co'a face esbraseada,
Sentava-se ela à sombra projetada
No antigo indaiaçu.

Qual de escondida víbora entre rosas
Refulge o olhar candente.
Tal — na estação febril dos devaneios,
Co'as agras puas, lhe sangrava os seios
Íntima dor latente!

Dez vezes tem a lua aparecido
No fundo azul do céu
Desde que ela a chorar na flor da idade,
Qual Miranda gentil na tempestade,
Nas brumas se perdeu!

Hoje eu sou triste embora esmaltem flores
As róridas campinas,
A trepadeira azul no ipê se enrasque,
E os pássaros modulem pelo bosque
As trovas matutinas;

Embora as fragas ermas longe embale
O estrépito do mar,
Ria-se toda a natureza, embora,
Meu lábio não sorri, minh'alma chora
E há de sempre chorar!

Só eu sou triste! os céus d'azul diáfano
Bençãos na terra chovem,
Da criação no lábio um riso paira,
Tudo é gala e festejo, só desvaira
A minh'alma de jovem!

Em vão pergunto às árvores da roça,
sol e ao mar, em vão:
Vós não vistes passar aquela moça?
E o mar e o sol e as árvores da roça —
Não me respondem, não!

Vertem nas minhas faces pranto amargo
As mágoas que me afligem!
Meu Armamento azul tornou-se escuro,
Fugiu, pra sempre a luz do meu futuro
Da noite na caligem!

Eu quisera encontrar esta menina,
Que a sorte me roubou —
Eu quisera saber que negro espinho
Feriu-lhe a nívea planta, no caminho
Em que ela tropeçou!...

Oh! natureza! eu morro acabrunhado
Com tantos desenganos!
Hoje me encontras mergulhado em dores
Dia de imensa luz! dia de flores!
Oh! dia de meus anos!

A ESTRELA D'ALVA

Moça infeliz onde é que vais tão cedo?!
A estrela d'alva lá do céu te enxerga,
A brisa beija-te a madeixa a medo,
E o cardo mole à beira d'água verga.

Corres por baixo da ramagem, triste,
Teu rosto lindo nunca mais se alegra...
Caindo, a flor da laranjeira — viste?
Ficou-te presa na madeixa negra.

O que te assusta?! atravessando a vargem,
Na mão tu levas um *bouquet* de goivos,
E se debruçam do caminho à margem
Os pessegueiros — enfeitados noivos.

Do frio orvalho se amiúda a chuva,
O campo escuro é solitário e quedo,
Sozinha, aflita juriti viúva,
Moça infeliz onde é que vais tão cedo?

Sangram-te espinhos as mimosas plantas
Galgando o cimo da montanha calva;
E resignada o puro olhar levantas
Ao puro olhar daquela estrela d'alva.

Moça infeliz! no lago azul se estampa
Teu vulto aéreo, que a desgraça verga —
Oh! de teu noivo vai rezar na campa,
Que a estrela d'alva lá do céu te enxerga!

EPICÉDIO

What iron stoic can supress the tear!
(CHATERTON.)

Tanta ilusão sorria-te na fronte!
Vasto, rosado, esplêndido horizonte
    Cercava a tua vida!
Mas foi curto o fulgor; da morte hedionda
Tu foste arrebatado pela onda
    Túmida, enfebrecida!

Além... do arminho tépido da infância
Viste um castelo fulgido, em distância,
    De fadas vaporosas;
Um castelo de abobadas ingentes,
Cheio de luz e flores rescendentes
    E músicas ruidosas...

Era o mundo falaz, que te atraía,
Dentro todo — sarcasmos, ironia
    E perjúrio e mentira...
Incauto penetraste — num momento
Tornou-se hórrido sonho lutulento
    Teu sonho de safira!

Eras moço; sonhaste a liberdade
Na avidez de brilhar, que há nessa idade
    Vasta, ridente, flórea;
Sonhaste-te, nas praças populares,
Erguido pelas turbas seculares
    No pedestal da glória!

A glória! Tanta fronte corajosa
Nessa escada, febril, vertiginosa,
    Para, tropeça e tomba
No abismo escancarado. E tu tentaste
Ao píncaro subir, e escorregaste
    Caindo na hecatombe!

E descreste depois — eras tão moço!
Teu precoce descrer foi o destroço,
    Que da luta restou...
Viste em ruína o templo, que, gigante,
Fabricaste — esqueleto d'elefante,
    Que o tempo descarnou! —

Da mocidade no folguedo imenso,
Quiçá pensaste como às vezes penso,
    Que a vida não tem fim!
Cedo saíste do festim do mundo
Para aumentar, por sob um solo imundo,
    Dos mortos o festim!

Teu crânio está despido de cabelos!
Secaram-se teus olhos, que eram belos!...
    Em ti se nutre o verme...
Desse teu corpo, que a mortalha tapa,
Formigam larvas sob a podre capa
    Da lívida epiderme!

Foste pó, serás pó! disse-te a morte,
Lançando-te da inércia a algema forte
No ergástulo do pó;
Tu'alma volta à luz onde é gerada,
Cobrindo o luto branco duma ossada
Fica o teu corpo só!

Vida — oh! vida! onde o fogo está, que ateias
No cérebro dos moços, se de ideias
Este cérebro é nu?!
Razão! como é medonha a tua calma!
Sopro divino! Espírito! alma— oh alma!
Onde habitavas tu?!

Incompreensíveis leis! alto mistério!
É no fundo da vida o cemitério
Somente o que se vê!
O pensamento nada mais alcança...
E à tibidez do túmulo a esperança
Acompanha quem crê!

Ao telescópio da razão me cinjo —
E em vão, meu Deus — eu nem sequer te atinjo
Foco deslumbrador!
Tudo o que me rodeia apenas mostra
Miséria, lama... e a dúvida me prostra
De terror! de pavor!

De grande irradiação minh'alma é centro
E em vão olho pra fora, em vão pra dentro
De mim — não vejo a luz!
Oh! mas se a Cruz crença simboliza
E se de crença o espírito precisa
Vou abraçar-me à Cruz!

Meu Deus! eu nada vejo se não creio!
Dos dédalos da dúvida no meio,
    Cego, me perderei!
Do ceticismo conta a vaga imensa
Inabalável, sempre a mesma crença
    Tive, tenho e terei!

Oh! a morte é que é luz, o berço é treva,
Quem mais se abaixa, tanto mais se eleva,
    Desce quem mais se ergueu!
Alma, que da matéria se desloca,
A verdade contempla e nela toca...
    Feliz do que morreu!...

És mais feliz portanto. Se tão cedo
A morte te feriu, — atro segredo!
    Tétrica divindade! —
Também cedo, da tênebra do mundo,
Voaste incólume ao clarão profundo
    Do sol da eternidade!

Transpuseste da vida a alta montanha...
Na mesma luz em que teu ser se banha
    Meu ser se banhará —
E como ordena a eterna profecia,
À trombeta final ver-te-ei um dia
    No val de Josafat!

1877.

A POESIA

Donzela! vem que é noite e a lua já derrama
Do céu azul, profundo, o pálido clarão!
A brisa a ciciar parece que te chama
A gozar junto a mim o amor na solidão!

Oh! vem — tudo é silêncio e apenas o regato
Serpeia argênteo além, sentido a murmurar!
Dilata a flor o seio e geme lá no mato
O triste noitibó, que esquiva-se ao luar!

Que doce aroma expira a flor da guabiroba!
Não tardes! vem, febril, cair nos braços meus!
Quando sinto o estalar das ramas da pindoba,
Logo imagino o som dos breves passos teus!

Vem doce noiva minha! a natureza é quieta!
É solitário o campo e longe o mundo é!...
— Mas que donzela é essa, oh! pálido poeta —
Por quem deliras tanto e em que tu'alma crê?!

Quem é?! Fada gentil, que embala-me os sentidos
Com perfumes na aurora e à noite co'harmonia,
Que traz a luz até na fímbria dos vestidos,
Que é sempre moça e loura, e chama-se Poesia!

1877.

48

A IDEIA NOVA

(A Barros Cassal)

Sob inóspito solo e estéril estremece
O vulcão e abre a boca aos vômitos da chama!
Voa o fogo no ar!... Tudo em redor se inflama!
Tudo reduz-se a pó! e então mais nada vê-se!...

Pouco tempo depois, sobre os montões de lama,
De cinzas e betume a primavera desce;
De alta vegetação o solo se recama,
Que em seivas exubera e loirejante messe!

O cérebro febril da ardente juventude
É um vulcão também; a luz da Nova Ideia
Há de romper de lá em súbita explosão!

Atlético lutar! Tomba a decrepitude!
Mas das ruínas vis da sórdida Pompeia
A cidade — Progresso — há de surgir então!

ENTRE RUÍNAS

(A Silva Jardim)

Percorre no Oriente o viajor errante
As terras da Judeia ermas, abandonadas,
A mata secular do Líbano gigante,
E de Jerusalém as pristinas ossadas...

Ouve além marulhar o Cedron espumante,
E o nardo vai haurir às ânforas sagradas,
Mira de Babilônia os pórticos distante,
Ruinarias sem fim, torres desconjuntadas...

Silêncio tumular! Da maldição divina
Sente o peso fatal na triste Palestina,
E à pretérita idade ele remonta e vê:

Cheias de luz, perante as cúspides das lanças
Dos déspotas da ideia, imperturbáveis, mansas
As tranquilas feições dos mártires da Fé.

50

A LUA

(Pope)

Quando reponta a lua, a lâmpada noturna,
No transparente azul e esparge a luz serena,
E sopro algum não quebra essa solidão soturna,
Nem nuve'alguma tolda essa solene cena;

E quando cinge a lua auréola de estrelas,
E tremem fachos mil no fúlgido horizonte;
E tornam-se do bosque as folhas amarelas,
E cobrem-se de prata os cômoros do monte;

E a rocha lá parece erguer-se na eminência.
E d'anjos um dilúvio em todo o céu revoa...
A mocidade ardente alegra-se na ciência,
Estuda e pensa e a lua esplêndida abençoa!

SÍLFIDE

Passaste sílfidc
À luz da lua
Co'a face nua
Sem ter um véu!
Eu vi-te pálida
Olhar chorando
Dc quando em quando
Pro ermo céu!

Alvejam cômoros
Dos nevoeiros!
Como os coqueiros
São espectrais!
Fantasma lúgubre
Uivava triste
Quando saíste
Dos coqueirais!

Folhas deslocam-se
Dos galhos — secas...
Lá nas charnecas
Mocho piou!...
Brincava trêmulo
Um brilho vago
À flor do lago,
Que latejou!

A flor, das árvores
Murcha, indolente,
Sobre a torrente
Balança e cai
O orvalho — o zéfiro
Da flor na taça
Bebendo passa,
Cantando vai!

Reluz tão lânguida
A estrela d'alva
Na face calva
Do mar sem fim!...
Vertendo lágrimas
Do imo d'alma
Eu vi-te em calma
De noite assim!

Os dedos frígidos
Brancos de neve
Roçaste leve...
Meu ser tremeu!
Quem és? responde-me!
Alma sem vida,
Forma perdida,
Delírio meu!

Beijar-te — stolido[1] —
Eu quis — fugiste —
Pálida e triste,
Branco vapor!
Fugiste súbito,
Desfez-te a aragem,
Louca miragem,
Alma de flor!

Eu vi-te — gélida —
Em noite fria,
Fada sombria
Fitar o céu!
Quem és tu? sílfide!
Rosa das campas,
Que o vulto estampas
No peito meu!

1877.

1 Traduzido do italiano: tolo, estúpido, com falta de inteligência.

54

SOBRE UM HOMEM POPULAR

(Victor Hugo)

Oh! povo! aquele crânio ainda está fechado;
Nenhuma ideia grande ali tem penetrado,
    Nenhum pensar o agita!
Mas dessa fronte augusta há de saltar um dia,
Quando a luz inundá-la, a esplêndida utopia,
Que em gérmen nele habita!

Contemplai-o! Na Índia assim um curioso
Contempla com respeito o monte misterioso
    — Cimo da tempestade —
E sem que se aproxime, ele na mata ingente,
Nos rochedos, no mar, e em de redor presente
    Alguma divindade!

No interior do monte oculta-se o Pagode!
Chega o dia solene, o povo em onda açode
    Rasga-se a porta estranha...
E bradam todos vendo o colossal Dantesco,
O ídolo, que então, qual feto gigantesco,
    Rebenta da montanha.

O PROFETA

Vinha a noite a fugir pelas paragens cerúleas
Pairar sobre a cidade — esplêndida Istambul!
O estelífero manto era um colar de pérolas
Espalhadas por Deus pelo infinito azul!

O Nordeste bramia, e nos desertos úmidos
Oscilava medrosa a face do luar —
E em vagalhões azuis estrugidores, túmidos
Nos peitos do areal vinha bater o mar!

E aos sons do mar — e aos sons da ventania rábida
Aos poucos vi rasgar-se o nebuloso véu —
E um vulto sobre a terra infame, vil, e tábida
Surge ocupando enorme o círculo do céu!

No seu braço despido e musculoso e lívido
Sustentava o colosso imenso duma cruz!
O lábio se entreabriu!... o olhar tremia vívido!...
Um despede trovões — outro despede luz!

Serpeia-lhe na espádua a cabeleira flácida
Rolando pelo espaço em fulgidos anéis!...
A fronte ergueu! do mar recua a onda plácida
E a terra muda, humilde, estende-se a seus pés!

E assim bradou então: "Da natureza flórida
Murmúrios, luzes, sons... o autor negais ateus?!
E se ela inda amanhã há de acordar tão rórida —
Oh! acabai com ela Onipotente Deus!

"Assassinos da Fé! excomungados céticos,
Apóstatas do bem! — qual é a vossa moral?!
Vós sois da humanidade os sórdidos morféticos
Quando acendeis do vício o túrbido fanal!

"Da religião cristã, a verdadeira, a única,
Estúpidos fazeis muitas religiões!
Eu hei de espedaçar a sanguinária túnica
Com que ao grêmio da Fé roubais as gerações!

"Abris em cada templo um pérfido prostíbulo,
E à vítima que tomba o braço recusais?!
É fábula — a vossa alma, e o coração — turíbulo,
Do fumo embriagador dos gozos sensuais!

"E mostrais do sarcasmo as gargalhadas borridas!...
Onde é vossa garganta — oh! fúrias do escarcéu?!
Oh! terra aonde estão tuas entranhas tórridas?!
Vosso fogo onde está — relâmpagos do céu?!

"A Igreja também tem os azorragues sólidos,
Que a raiva dos leões do vandalismo tem —
Mas co'a palavra só há de salvar — stolidos —
Das vossas garras vis as gerações que vêm!

"A crença amortecei da insensatez no cúmulo!
Erguei a injúria a Deus, sarcófagos à Fé!
Porque a Fé no porvir ressurgirá do túmulo
E vê-la-eis então esplêndida de pé!...

"Oh! leões! Oh! leões, que trovejais, aspérrimos.
O facho da verdade espalhará clarões!
E a razão! a razão há de bradar: Misérrimos!
Misérrimos que sois, coléricos leões!

"A punição não tarda — Oh! crentes esperemo-la!
Da vida eterna o sol há de fulgir enfim!
E tu — Oh! legião de malfeitores, trêmula —
Do olvido irás rolar no báratro sem fim!

"Oh! natureza rica! esplêndida crisálida!
Depois que o povo em Fé passar o teu Jordão,
Abisma-te no caos donde saíste esquálida!
Fulmina este universo — Oh! Deus da Criação!

E súbito sumiu-se o vulto horribilíssimo —.
E o céu ermo tornou-se límpido outra vez!
E soluçou o mar num soluçar tristíssimo,
Como inda ouvindo o som daquela voz talvez!

58

À MORTE DE ALEXANDRE HERCULANO

No ardente crânio seu, bulhava da poesia
    O férvido escarcéu!
Acima deste mundo insano, estrepitoso,
O seu augusto vulto ergueu-se luminoso,
    Sublime até o céu!

Su'alma sempre foi da mágoa inabalável
    Aos rijos vendavais!
Invólucro sagrado — aquela vasta fronte
Continha, em fogo etéreo, o fúlgido horizonte
    Dos mundos ideais!

Ora fazia austero estremecer o vício
    No dorso das nações;
Ora infundia amor e as almas dos meninos
Ele ia povoando, em sonhos matutinos,
    De loiras ilusões!

E ele o mestre augusto, o mágico arquiteto
    Do templo do ideal —
Da morte se envolveu na fúnebre roupagem,
Como rastro de luz, deixando na passagem
    O seu nome imortal!

Meu Deus! ele morreu - Oh! sim, porque era humano
    Mas quando ele morreu —
Oh! terra — em convulsões epiléticas devias
Tremer como tremeste às roucas ventanias
    De S. Bartolomeu!

Nesse gênio cristão da natureza amante
    Chora a poesia um pai!
Ecos da solidão, aves do bosque denso,
Brisas da madrugada, ondas do mar imenso
Soluçai! soluçai!

1877.

60

O AMOR

(V. Hugo)

Senhora! é no princípio o amor o espelho mágico
Onde a mulher toureira, alegre ou melancólica,
    Seu rosto vai mirar!
Como a virtude, o amor, quando se embebe no íntimo,
Expulsa dele o mal e o vício ascoso, e cândidas
    As almas vem tornar!

Depois, se desce um pouco, o pé resvala e o báratro
Sorri no fundo. Embalde as mãos à borda prendem-se,
    Lá vai-se enfim tombar!
Belo, puro, falaz, o amor é qual rio nítido,
Que uma criança atrai, que aí se mira, banha-se
    E aí vai se afogar!

1877.

61

AO CREPÚSCULO

(A João Mota)

Salut, doux crépuscule, ô suave lumière!
(GOETHE.)

I

E tarde! zunidora a ventania açoita
As torres da Matriz!
O brilho extremo o sol dos montes nas alturas
Espalha, e as nuvens franja a se espraiarem puras
De nítido matiz!

Despenha a catadupa a cabeleira basta
De espuma e de cristal!
O mar bramindo em fúria afronta esses penedos —
Nos cálices da veiga a brisa diz segredos
Ocultos ao mortal!

Escuta a juriti que arrulha gemedora
Nas moitas dos bambus!
Escuta a voz do grilo! e que melancolia,
Que amor, meu Deus, nos traz o som d'Ave-Maria,
Que o coração traduz!

É tarde! volta ao lar cantarolando ao longe
    Saudoso o pescador!
É tarde! e que saudade eu sinto nestas horas!
Em vago estremecer, minh'alma por que choras?
    Acaso tens amor?!

II

Morre o dia! minh'alma vê, contempla
Esse sol tão ardente a se apagar!
Como envolvê-lo vêm opacas nuvens
    Ao véu crepuscular!

Quem sabe se amanhã também meu corpo
Irá da morte nos umbrais tombar!
E se ouvirei a brisa do cipreste
    Nas ramas palpitar!

Oh! amanhã quem sabe! ela chorosa
A fria fronte me virá beijar —
Mas — ai! nem poderei sentir seu beijo —
    Senti-la soluçar!

III

Que nuvens doiradas no céu todo azul,
Formando palácios e aéreos castelos
De cândidas fadas e mundos de anelos,
Lá correm, lá voam pras bandas do Sul!
Com laivos de sangue na face incendida
Nas águas mergulha-se o rubido sol!
Minh'alma vagueia, nas cismas perdida,
    No belo arrebol!

Crepúsculo doce! Minh'alma no mar
Ao longe, que vultos tão brancos divisa?!
São velas trazidas nas asas da brisa?!
São fadas? são cisnes que eu vejo alvejar?!
Turíbulo aceso de quentes aromas
Se forma das flores no val, no vergel,
E a lua eu diviso do bosque entre as comas,
  Num gázeo docel!

Já desce das noites o lôbrego véu,
E as preces e os rogos, que caem dos lábios,
No templo, dos pobres, dos ricos, dos sábios,
Lá voam, lá sobem iguais para o céu!
Luar merencório se estende nos ares —
O silfo adormece no cálix da flor! —
Minh'alma que sonhas, teus santos sonhares
  Levanta ao Senhor!

1877.

64

QUIMERA

Ergue-se a lua na cerúlea tela
Rutilam astros e palpita o mar,
Abrem-se os seios da magnólia bela,
Fecham-se as palmas do gentil palmar!

É bela a noite: tem a brisa — afagos,
Verdura — os prados, os jardins — festões;
Brando, amoroso latejar os lagos,
As brancas fadas do luar — canções!

Estruge ao longe a cachoeira enorme,
Vem sobre as penhas em cachão ferver!
Enquanto a terra embalsamada dorme,
Eu vou saudoso ao bandolim gemer!

E vejo sempre a pensativa imagem
Da linda filha dos sonhares meus,
Dormida ou quieta na gentil folhagem,
O corpo em terra, o pensamento em Deus!

Cisma — e não sente na dourada trança
Passar gemendo o merencório sul;
Ri-se — blandícias d’infantil criança,
Chora — é a lua no celeste azul!

Dorme — num berço de verdura e flores
A nívea garça dos vergéis do céu!...
Jesus! eu vejo-a a palpitar d'amores
E sempre envolta do pudor no véu!

Huri tão pura — d›um gentil serralho
Dorme indolente nos rosais em flor!
Solta a madeixa — tem no lábio o orvalho,
No seio as ondas de inocente amor!

Eu vejo-a sempre! na saudosa calma
Rápida some-se a gentil visão!
Minh'alma busca conhecer su'alma,
Buscam meus lábios só beijar-lhe a mão!

1877

66

ORAÇÃO DA MANHÃ

A madrugada acorda
E tênue luz desata,
D'aroma o val trasborda,
Referve a catarata...

Lá, da lagoa à borda
A rosa se retrata...
Que música na mata!
A madrugada acorda!

E a virgem no seu leito,
Meu Deus! já despertando
Dos seus sonhos d'amor,

Levanta-se e no peito —
Postas as mãos — rezando,
Saúda-te — Senhor!

PENSATIVA

Agora que a noite estende
Alvo lençol de luar —
E a bafagem que rescende
Nos jardins perfuma o ar;

E que a música noturna
Acalenta a natureza,
Cisma a virgem taciturna
Tão cheia de morbideza!

Numa noite assim eu vi-a,
Mas onde vi-a, não sei!
Na mente a febre eu sentia
Das ilusões que matei!

Eu vi as faces tão puras
Dessa lânguida poetisa,
E as suas tranças escuras
Bafejadas pela brisa!

Cismava, e na fronte altiva
Da americana gentil —
Havia a imagem bem viva
D'um sonho aéreo e febril!

Se o palpitar do seu seio
Mostrava interna procela,
Ao lábio um sorrir lhe veio
Como o sorrir d'uma estrela!

Criança! chorava, entanto,
Cismando, meu Deus, em quê?!
Porque nadavam em pranto
Seus negros olhos — por quê?!

Eu vi-a em noite qual esta!...
Naquele mesmo lugar,
Quem sabe o pranto inda cresta
Seu rosto em febre a cismar?!

O que é, Jesus, que eu sentia,
Quando em tal noite a encontrei?!...
Eu bem me lembro que vi-a,
Mas onde vi-a, nem sei!...

Rio - 1877.

SOUVENIR

Estrela, que eu procuro,
E vejo além banhada
Nos fogos d'alvorada,
No sol do meu futuro!

Nuvem d'amor doirada
Do céu no fundo escuro...
Rosa d'aroma puro...
Sonho, utopia, fada...

Se tudo desparece,
Se não é nada eterno,
Contudo, triste flor,

Ninguém, ninguém se esquece
Do santo amor materno,
E do primeiro amor!

CÂNTICO

Acorda! O orvalho escorrega
Do gravatá pelas folhas,
Quebra a torrente nas pedras
E salta desfeita em bolhas.

Acorda! Ao longe rebenta
Rouco marulho nas fráguas,
O tronco de uma palmeira
Rolando vai sobre as águas;

São inda os tristes efeitos
Da forte procela d'ontem;
O estrago, que houve nos bosques
Os passarinhos que o contem.

Beija a onda carinhosa
As conchas ruivas da margem,
Das flores o pólen d'ouro
Os ventos frescos espargem.

O mar brame, o sol flameja!
Um tem — a voz, outro — o olhar;
A voz do mar — ensurdece,
O olhar do sol — faz cegar.

Acorda! O dia é risonho,
Meu peito d'amor trasborda!
Acorda! Tudo é festejo,
E canto e perfume... Acorda!

O TROVADOR

No mundo os rumores cessam,
No campo adormece a flor;
Só no céu desperta a lua,
Só na terra o trovador!

Depois que o mundo calou-se,
Depois que a lua surgiu,
Leve canoa resvala
Por sobre as águas dum rio.

E dentro virgem formosa,
Imersa em doce langor,
Encosta a loura cabeça
No seio do trovador!

Da moça as louras madeixas
São asas de querubim,
Que o triste beija amoroso
Cantando no bandolim:

"Calai-vos límpidas águas
Não desperteis meu amor!
Meu amor dorme tranquila,
Mas vigia o trovador!

"Canoa — corta essas ondas
Cintilantes ao luar —
Não se precisa do remo
Sem remo as podes cortar.

"E tu virgem, dorme quieta,
Que no prado dorme a flor!
Suspira, sonha, palpita...
Nos braços do trovador!

"Os suspiros do teu peito
Morrem no meu coração,
Qual no colo das palmeiras
Morre a brisa no sertão!

"Teus sonhos são puros, puros,
Como é puro o meu amor;
D'amor palpita o teu seio
No seio do trovador!

"És mais doce do que as flores;
És mais anjo que mulher;
Mais formosa do que as nuvens
De uma aurora rosicler.

"Teus olhos meigos inunda
Cerúleo, doce fulgor,
Que acende, se a dor apaga,
O fogo do trovador!

"Um dia, um dia, entre angústias,
Para mim vi-te sorrir!...
Achei no mar da pobreza
Uma pérola d'Ofir!

“Os sonhos da juventude
Nasceram com teu amor;
Essa lua é testemunha
Dos sonhos do trovador!

“Ainda agora estou morto...
Nesta noite nupcial,
Beberão vida os meus lábios
Nos teus lábios de coral!...

Depois... ligeira a canoa
Começa a andar ao redor,
Vendo o abismo, de assustado
Perde o remo o trovador!

Desperta lívida a virgem,
Pende o rosto de marfim,
Seu amante empalidece,
Emudece o bandolim!

Abraçam-se ambos... o abismo
Fá-los vítimas do amor;
Recebe o céu mais dois astros,
A virgem e o trovador!

Maio —1877.

MÁGOAS

Na hora em que as clícias que nascem nos vales
Entornam do cálix as gotas do orvalho;
E quando o bafejo da plácida aragem
Meneia a folhagem da beira do atalho;

Na hora em que surge do mar no oriente
O sol refulgente nas vagas revoltas,
E quando nas águas da quieta lágua
Desliza a canoa co'as velas às soltas;

Na hora em que vagam roceiras donzelas
No prado capelas tecendo de rosas,
E as nuvens trazidas nas asas do vento
No azul firmamento se espraiam formosas;

E as flores cheirosas alastram a relva,
E a rola na selva desperta arrolando,
E, como vapores, mil hinos sagrados
Das veigas, dos prados, se vão levantando;

N'ess'hora eu tristonho, nas cismas perdido,
Passeio envolvido das mágoas no manto;
Nem lágrimas tenho da dor como efeito,
Recusa-me o peito consolo no pranto.

E vou pensativo, com tristes suspiros,
Nos ermos retiros carpir essas mágoas;
São elas mistérios — bem como os segredos.
Que aos duros rochedos murmuram as águas!...

1877.

DESEJOS

Quero habitar contigo aquela casa,
Que além no morro a branquejar se vê,
Onde de tarde um bando de andorinhas
Pousa na cobertura de sapê.

Há na frente um jardim; e pela cerca
A madressilva enlaça-se a tremer —
E ao longe, ao longe vê-se o sol nas águas
Da lagoa purpúrea se esconder —

Como bocas de moças, que bocejam
Rubras, maduras abrem-se as romãs:
Passam cantando embaixo pela estrada
As lavadeiras, todas as manhãs.

E todas as manhãs iremos juntos
Os araçás e as flores apanhar —
Comprarei de propósito por isso
Um cestinho de que hás de bem gostar.

Fumando o meu charuto irei de tarde
Sentar-me ao patamar junto de ti;
Tenho a contar-te interessantes cousas,
Mas guardo todas pra contar-te ali...

Tasso e Leonor!... Conheces certamente
Esta sentida história, meu amor?...
Mais ditosos, porém, nessa existência
Eu serei Tasso e tu serás Leonor!

Perto de ti, perpetuamente os risos
Nos meus lábios de novo pousarão —
Meus cantos hão de acalentar-te à noite
Da lua cheia ao lânguido clarão.

Meu Deus! De nossas almas no colóquio
Chuva de graça e bênçãos derramai —
Como a granel na víride alcatifa,
Chuva de flores de laranja cai.

Amo-te muito — e ali naquele abrigo
Ninguém virá nos perturbar, ninguém!
— Quero habitar contigo essa casinha,
Que a branquejar no morro vê-se além.

Serás a minha eterna companheira —
E tão felizes nós seremos lá,
Longe de todos, juntos, esquecidos,
Que todo o mundo nos invejará.

1877.

OLHOS AZUIS

Teus olhos são dois desejos
Da mais alta aspiração;
Mostram, que tens sentimento,
Dizem, que tens coração.
São as estrelas da noite
Punhado de olhos azuis,
Que Deus formou, semelhantes
Aos olhos que tu possuis.

São filtros d'amor. Teus olhos
Tão mágico brilho têm!
Quando sorriem teus lábios,
Eles sorriem também —
Mesmo em lânguido abandono,
Nos momentos de amargor.
Brilham molhados de pranto
Em relâmpagos de amor!

Meu peito é lago: no fundo
Mil pérolas a fulgir,
À flor d›água a luz da vida
Vem pura se refletir;
E nas ondas de meu peito
Reflete-se o teu olhar,
Qual se reflete uma estrela
Nas ondas verdes do mar.

Olhos azuis pensativos,
Olhos, que a cisma distrai,
Sois dois mórbidos poetas,
Tristes poetas cismai!
E jamais nublem as lágrimas
O vosso brilho sequer!...
Mulher! teus olhos divinos
Mudam-te em anjo — mulher!

Parece, que são formados
De dois átomos do céu —
Que mundo d'amor e graças
E luz ali se escondeu!
Criança! Eu gosto dos olhos
Da cor dos que tu possuis —
E só Deus sabe o que sofro
Por esses olhos azuis!

1877.

ROSA DO PRADO

Eu amo a rosa do prado
— Astro da várzea esquecido —
Mirando o rosto magoado
No espelho d'água polido.

Deus que inunda de fulgores
O triste olhar das estrelas,
E nunca negou amores
Aos corações das donzelas;

Também de orvalho celeste
Banha essa mesquinha flor,
Como de bênçãos reveste
A fronte do pecador!

Mas como os homens na terra
Desiguais as flores são;
Qualquer flor perfume encerra
E a rosa do prado, não!

A abelha pelo valado
Passa às vezes descuidosa,
Despreza a rosa do prado
E vai beijar outra rosa.

A rosa do prado é triste
Triste na sua beleza,
E a minh'alma não resisto
A dor daquela tristeza!

Não sei o que acho de doce
Na tristeza d'essa flor,
Que se ela animada fosse
Eu diria que era amor

Pende-lhe o cálix, parece,
Que íntima cisma a distrai,
Nesta cisma em que falece
Folha por folha lhe cai!

Lembra-me testa de moça,
Que o triste arcanjo da mágoa
Co'as asas frígidas roça
Rasando-lhe os olhos d'água!

Ai — triste flor, sem ventura!...
Quem sabe o que ela será?!
Talvez morta criatura,
Que em flor transformada está.

Talvez virgem fenecida
D'amor vítima infeliz!
Talvez uma alma esquecida,
Que a fortuna amar não quis!

Vive no prado sozinha
E morre sem ter amor...
Parece-se a vida minha
Co'a vida daquela flor.

83

A NOITE DO NOIVADO

Tout est lumière, tout est joie!
(VICTOR HUGO.)

Que noite! a brisa, amor, bafeja-te na espalda
    Essa madeixa loura!
Suspiras sacudindo a cândida grinalda,
    Que virgindade doura!

Não vês? a lua cheia espanca, virgem pura,
    Com raios a vidraça!
Não ouves lá por fora as falas, que murmura
    vento que esvoaça?

Não sentes? quanto aroma expande-se nos ares
    Do laranjal, das flores!...
Que noite! Que poesia! e que febris sonhares
    De místicos amores!

Desfaleces! tens medo... Oh! pálida criança
    Deslumbra-te o teu fado!
Teu coração palpita e vês tua esperança...
    A noite do Noivado!

Rio - 1877.

84

AVE-MARIA

Hour of love, of prayers!

Que sons que o eco traz! dulcíssima harmonia
Na soidão vem morrer!
No seio a me infundir doce melancolia
Se apossa do meu ser!

E a musa da saudade, essa visão de amores,
Vem terna me enlaçar!
A terra hinos exala e morno aroma as flores...
E bate ao longe o mar!

Da noite cobre o véu da velha ermida a torre
No vale solitário,
E enquanto a luz desmaia o som plangente corre
Do humilde campanário!

Em mágico cismar minh'alma nada em gozo,
Os olhos ergo aos céus!
O pranto se desata e saúdo piedoso
A Virgem Mãe de Deus!

1876.

HUMORÍSTICA

Não te lembras do moço que, outro dia
Passeando na rua te mostrei?
Que bonito rapaz! disseste Armia —
(Cousa de que eu, confesso, não gostei.)

Colarinhos erguidos, flor no peito,
Botões d'ouro, botinas de verniz...
Andava sempre à moda, e com efeito
Parece que era rico e era feliz...

Pois, no entanto, hoje o vi: está mudado,
Cadavérico, lívido, sem cor...
Eu tive pena dele: este coitado
Ama e foi infeliz no seu amor!

Morre disso talvez! Essas mulheres
Involuntariamente, sem pensar,
Matam... Amor — vê lá também se queres,
Com teu desprezo um dia me matar?!

86

NOITES DE VIGÍLIA

As noites de vigília
Fundo sigilo imprimem-me na face!
São tristes noites quando, da família
E de tudo o que se ama longe está-se!

Eu penso *n'ela* e me estremece o peito...
Ai — se eu pudesse vê-la!
Talvez fite, como eu, lá de seu leito,
Através da vidraça alguma estrela!

Dezesseis anos hoje tem; que idade
D'amor, de sonho, flores quimera!...
Doura-lhe a virgindade
Sua décima sexta primavera!

Nas noites de vigília me calcina
Intensa febre — e eu penso na família,
E penso em ti — oh! cândida menina
Nas noites de vigília!

1877.

NOITE DE INVERNO

Hoje eu não saio! a procela
Tem gargalhadas sombrias!
Perdoa-me, oh! minha bela;
Constipam-me as ventanias.

Donzela — que noites frias!
Que dias frios — donzela!
Donzela — há mais de três dias,
Que eu não te vejo à janela!

Pensa em mim, como em ti penso,
Do teu quarto no retiro,
Vai fazendo o teu *crochet,*

Que eu, com este frio imenso,
Ao fogo do amor prefiro
O fogo da chaminé!

88

INFÂNCIA

Estação bela! Inocente,
Que ambiente
N'essa quadra hás de fruir!
Como eu vejo o Paraíso
No sorriso,
Que vem teus lábios abrir!

Sorri sempre, a brisa é meiga,
Doce — a veiga, —
Na tua infância feliz!
O céu é sempre azulado
Recamado
De nuvens d'áureo matiz!

Canta e sorri! d'essa infância,
Que distância
Para o futuro inda tens!
Nessa alvorada esplendente
Vai ridente
O seio encher de cecéns!

Louro infante! Vês o lago,
Que em afago
Frescas auras vêm frisar!...
Também namoradas queixas,
Nas madeixas
Vem-te o favonio contar!

És tão feliz! bebe olores
    Aos fulgores
Da estrela, que te conduz!
Fulge o astro da inocência
    Na eminência
Dum céu de fragrância e luz!

És tão feliz! vai sorrindo,
    Que fugindo
Vai essa doce estação!
Fita o céu cor de esperança...
    Nessa trança
Brinca ainda a viração!

1877

LUSCO-FUSCO

É tarde! o sol se esconde flamejante
No saudoso horizonte...
Não vês, Elisa, as névoas do crepúsculo
Nas orlas do alto monte?!
A noite se avizinha taciturna...
Da cachoeira apenas
A fria queda se ouve.

Pendem flácidas
As rosas e açucenas —
E a tua casta fronte cismadora
Oh! cândida deidade!
E não crês na poesia, nos amores,
No silêncio, na cisma e na saudade?!

1877.

DESPEDIDA

Tu vais! Que nuvem reveste
Teus olhos d'azul celeste
Donde em fio o pranto cai!
São justas as tuas queixas,
Não só porque o berço deixas,
Mas porque deixas teu pai!

Dissipas tantos anelos,
Tantos aéreos castelos,
Que ele só por ti constrói!
E arrependida no entanto
Tu choras, nadas em pranto,
Pranto que muito lhe dói!

— Perla caída do engaste —
Deixas o berço onde amaste
Cândidos sonhos sonhar,
Cândidos como os arminhos
Como a penugem dos ninhos
Como as espumas do mar...

E vais viver na orfandade
Sem órfã seres, na idade,
Na idade d'alma ilusão,
Na idade grande em que a gente,
Começa a sonhar e sente
Que tem também coração!

Ri-te o mundo falso, como
A rósea casca de um pomo
De polpa e sabor letal,
Veia, que brilha fugace,
Cristalina, pela face
Dúbia de algum tremedal.

Vai! Mas a casa deserta,
E a mesma veiga coberta
Das florescências de abril,
E mobil a mesma brisa,
Que palpita e que desliza
Nas ramas do taquaril,

E os mesmos pobres lugares,
Que deixas, quando voltares
De lá, por certo acharás,
A mesma agreste alegria,
Tudo o mesmo... e todavia
A mesma tu não serás!

Choras — teu pai também chora,
Poupa-lhe aos olhos agora
Em fio o pranto que cai;
Não sei quem mór dor partilha,
Se é o pai, que chora a filha,
Se a filha, que chora o pai!

1877.

SEMPRE EU

Há alguém, que te segue e em te seguir não cansa,
Aos teus olhos oculto, e amando-te, criança,
Vê um rastro celeste em cada passo teu —
E esse alguém que delira, e vive só de amar-te
Esse alguém, que, febril; segue-te a toda parte,
　　Desculpa-me, sou eu!

Um dia no sofá dormias indolente,
E outro lábio roçou o lábio teu dormente
De leve... e lácteo e nu teu seio estremeceu!
Sem corar, acordaste ao toque ardente e terno,
Supões, que foi, talvez, um ósculo materno...
　　Enganas-te, fui eu!

E quando inda mais tarde, em dias bem distantes,
Tremerem de prazer teus olhos cintilantes
De noiva sob o alvor do imaculado véu,
E um moço te disser depois na alcova: eu posso
Beijar-te, és minha só, eu amo-te!... Esse moço
　　Quem sabe, serei eu!

ADEUS!

(A Francisco Pessanha)

Amigo, adeus! contigo, embora, estar deseje
    Um dia mais sequer,
Não posso, que me impele essa lei, que nos rege
    E se chama — o dever! —

Adeus! perdida a nau dos pélagos no seio,
    Nas asas do Aquilão,
Quem dela afirmará, se ao porto donde veio
    Há de voltar ou não?...

Porém... perto de mim, virgem de loira trança,
    Vem, leda, se assentar,
E diz-me num sorrir, que chama-se — Esperança
    E que eu hei de voltar!

Dessa virgem gentil, povoam-se co'a imagem
    Os teus sonhos e os meus...
Adeus! Se ela me anima, após esta viagem
    Hei de voltar... adeus!

1878.

TÚMULO À BEIRA-MAR

Flores, que abris o rubro e pudoroso cálice
À doce inundação dos matinais fulgores;
Flores, deixai, deixai, que o vosso aroma exale-se,
Enlaçai-vos e ornai o seu sepulcro, flores!

Ígneo, flamante sol, manso ribeiro lépido,
Astros de frouxa luz, magnéticos luares,
Vento, na aurora frio e ao meio dia tépido,
Borboletas azuis, que vos librais nos ares,

Oh! alígero bando, alto, argentino, mélico,
Perfumes, sons, poesia... ali ela repousa!
O túmulo gentil daquele corpo angélico
É simples e não tem letras sequer na lousa!

Oh! natureza! ostenta o esplêndido espetáculo,
Que soes sempre ostentar às galas matutinas!
E embala-o, como outrora o santo tabernáculo
Embalava-se aos sons das cítaras divinas.

Sua existência foi, como a das flores, rápida,
E, aves, ela expirou, como expirais, oh! aves!
E amou!... aves cantai! de sob a fria lápida
Talvez que ela vos ouça as músicas suaves.

Oh! ondas, que abraçais seu túmulo! Ondas cerúleas
Que do fundo saís desse oceano belo —
Trazei, para ofertar-lhe, um turbilhão de pérolas
Cobri-lhe de corais o túmulo singelo!

Ela repousa ali! Ali soluça o Atlântico
E eu soluço também no seu final jazigo —
Fulge sol! cai orvalho! aves erguei-lhe um cântico!
Ou antes: todos vós vindes chorar comigo!

VERMELHO MARINHO

Spirit

BRASILIARIS.COM.BR